CATALOGUE

DE

CURIOSITÉS

ET

OBJETS D'AMEUBLEMENT

DES XVIe, XVIIe ET XVIII^c SIÈCLES

OBJETS DE VITRINE

PORCELAINES — FAIENCES

ARMES — TAPISSERIES ET ÉTOFFES

Le tout arrivant de province

DONT LA VENTE AURA LIEU

HOTEL DROUOT, SALLE N° 8

Les Jeudi 13 et Vendredi 14 Mars 1884, à 2 heures

COMMISSAIRE - PRISEUR	EXPERT
Me PAUL CHEVALLIER	M. B. LASQUIN
10, rue Grange-Batelière, 10	12, rue Laffitte, 12

Exposition chaque jour avant la vente.

CONDITIONS DE LA VENTE

Elle sera faite au comptant.

Les adjudicataires paieront cinq pour cent en sus des enchères.

N. B. — Les objets n'étant pas arrivés à Paris en temps voulu, et le présent Catalogue ayant été rédigé sur des notes fournies par le vendeur, nous nous réservons de faire, s'il y a lieu, les rectifications nécessaires au moment de la vente.

Paris. — Imprimerie de l'Art, J. Rouam, imprimeur-éditeur.
41, rue de la Victoire.

DÉSIGNATION DES OBJETS

OBJETS DE VITRINE

1 — Miniature : Portraits de François Ier d'Autriche et de l'archiduc Charles, par Scheres.

2 — Miniature : Jeune fille écrivant sous la dictée de l'Amour. Composition dans le goût de Fragonard.

3 — Miniature ovale : Entretien galant. Attribuée à Klingstet.

4 — Deux miniatures : Portraits de femmes, et une autre : Portrait d'homme.

5 — Deux portraits de femmes, époque Louis XV, peintures sur cuivre.

6 — Médaillon : Attributs de l'Amour; sculpture sur bois.

7 — Boîte en écaille, camée dans un cercle en or sur le couvercle.

8 — Lot de boutons en acier et en Wedgwood.

9 — Deux salières Louis XVI en cuivre argenté.

10 — Deux petits fixés Louis XVI; peinture or sur fond bleu.

11 — Reliure du xvie siècle en argent repoussé et ciselé.

12 — Cuiller et pince à sucre en vermeil.

13 — Douze cuillers à café en vermeil.

14 — Agrafes en argent.

15 — Châtelaine en filigrane d'argent et pierres de couleurs.

16 — Broche en argent et strass.

17 — Bague en or à camée intaille.

18 — Cinq bagues en or et argent ornées de strass et de pierres de couleurs, et une bague en cuivre.

19 — Petite montre Louis XVI en or et garnie de perles.

20 — Médaillon en cristal de roche dans un cadre en filigrane d'argent.

21 — Châtelaine et agrafe en cuivre, nacre et émail.

22 — Flacon Louis XVI en cuivre émaillé.

23 — Flacon formé d'une petite noix sculptée bouchon en argent.

24 — Cerf en argent en haut-relief par Kirstein, de Strasbourg.

13 Mars 1884.

VENTE

Des Jeudi 13 et Vendredi 14 Mars 1884

HOTEL DROUOT, SALLE N⁰ 8

à deux heures.

CURIOSITÉS

ET

OBJETS D'AMEUBLEMENT

des XVIᵉ, XVIIᵉ et XVIIIᵉ siècles

OBJETS DE VITRINE — PORCELAINES — FAIENCES

ARMES

TAPISSERIES ET ÉTOFFES

Le tout arrivant de Province.

—∘∘✦∘∘—

COMMISSAIRE-PRISEUR	EXPERT
Mᵉ P. CHEVALLIER	**M. B. LASQUIN**
10, rue Grange-Batelière.	*12, rue Laffitte.*

—∘∘✦∘∘—

Exposition avant la Vente.

HOMO
NATVR
IMPRIMERIE DE L'ART

25 — Petite plaque en argent niellé dans un cadre Renaissance en cuivre ciselé.

26 — Autre petite plaque en argent niellé.

27 — Deux baisers de paix, en bronze.

28 — Huit sceaux en bronze des xve et xvie siècles.

29 — Croix byzantine en bronze formant reliquaire.

30 — Sept grandes médailles en bronze de diverses époques.

31 à 37 — Dix-neuf plaquettes en bronze des xve et xvie siècles.

38 — Trois plaques en bronze provenant de coffrets.

39 — Trois petits reliquaires en cuivre et argent.

40 — Médaillon formé de deux églomisés, monture en or émaillé.

41 — Reliquaire à trois facettes en cristal de roche, monture en cuivre.

42 — Deux croix formant reliquaire.

43 — Trois cadres de reliquaires en cuivre émaillé du xve siècle.

44 — Quatre clefs en fer des xvie et xviie siècles.

45 — Trois médailles en argent.

46 — Lot de vingt médailles trévisanes.

47 — Environ cent monnaies du Bas-Empire, en cuivre, trouvées à Cimiez, près Nice.

48 — Lot de petits bronzes antiques, divinités égyp-
tiennes et romaines.

49 — Quatorze pièces en verrerie antique : lacryma-
toires.

5o — Douze figurines de saints personnages, en verre
de Venise émaillé.

5 1 — Cinq pièces en ivoire sculpté provenant de
coffrets.

52 — Trois neskés et une petite boîte en ivoire.

53 — Boîte en cuivre incrusté d'argent. Travail
japonais.

54 — Plusieurs pièces en ivoire : dessus de boîtes,
bas-reliefs, etc.

55 — Sous ce numéro, les objets de vitrine non
catalogués.

ARMES

56 à 5g — Six rapières à coquilles en fer repoussé
et repercé à jour.

6o-61 — Cinq autres rapières.

62 — Épée Louis XIV, poignée en ivoire.

63-64 — Quatre épées Louis XVI.

65 — Dague du xve siècle.

66 — Épée du xve siècle.

67 à 71 — Quinze épées de différentes époques.

72 à 74 — Six poignards et stylets.

75 — Hallebarde.

76 — Casque de huguenot.

77 — Deux bourguignottes.

78 — Bouclier.

79 à 98 — Collection de 120 pommeaux d'épées de différentes époques, ciselés et damasquinés.

PORCELAINES ET FAIENCES

99 à 105 — Trente-cinq plats et assiettes en porcelaine de Vienne, à décors variés, fleurs et sujets.

106 à 110 — Vingt pièces en porcelaine de la Chine et du Japon ; potiches, plats et assiettes.

111 — Bas-relief en faïence italienne du xv^o siècle, représentant la Mise au tombeau.

112 — Bas-relief en faïence italienne.

113 — Plat creux en faïence hispano-moresque à reflets.

114 — Autre plat à reflets à rehauts bleus.

115 — Pot en faïence décorée ; Sicile.

116 — Deux griffons en grès japonais.

117 — Deux vases en grès japonais.

118 à 127 — Environ soixante pièces en faïences de Marseille, de Delft et d'Italie; jardinières, huiliers, plats et assiettes, etc.

DIVERS

128 — Deux portraits de femme. Époque Louis XIV.

129 — Vierge et Enfant Jésus, sculpture en marbre du xve siècle.

130 — Vierge et Enfant Jésus, sculpture en marbre du xvie siècle.

131 — Deux statues en bois sculpté.

132 — Deux statuettes de saintes en bois sculpté, peint et doré par parties.

133 — Terre cuite attribuée à Puget, figure de saint.

134 — Bas-relief en terre cuite, signé Roland.

135 — Deux bas-reliefs en bronze, d'après Clodion.

136 — Deux petites statuettes en bronze du xvie siècle : Vénus et l'Enfant à l'épine.

137 — Deux petits bronzes Louis XIV provenant de chenets.

138 — Pendule Louis XVI en Wedgwood, garnie de bronze.

MEUBLES

139 — Chaise à porteurs Louis XV en bois sculpté
à moulures, intérieur garni de soie.

140 — Meuble étagère richement sculpté, incrusté
d'ivoire et orné de statuettes. Travail chinois.

141 — Armoire Louis XV en bois peint en blanc et
doré.

142 — Commode Louis XVI en marqueterie à
médaillons à sujets et ornements.

143 — Table de nuit Louis XVI en marqueterie.

144 — Table de nuit Louis XVI, dessus en marbre.

145 — Deux consoles Louis XV en bois sculpté et
doré.

146 — Console en bois sculpté peint en blanc et doré,
dessus en marbre.

147 — Table Louis XIII en bois sculpté.

148 — Bahut Louis XIII en bois sculpté.

149 — Meuble Renaissance à deux corps en noyer
sculpté.

150 — Toilette Louis XV en vernis Martin, à bouquets de fleurs.

151 — Deux petites tables à jeu Louis XVI.

152 — Quatre appliques Louis XIV en bois sculpté
et doré avec glaces.

153 — Quatre appliques Louis XIV en bois sculpté
et doré avec glaces.

154 — Deux appliques Louis XIV en bois sculpté et
doré.

155 — Quatre appliques Louis XV en bois sculpté et
doré.

156 — Quatre consoles d'applique Louis XIV garnies
de bronze.

157 — Console d'angle en boule.

158 — Console d'angle en bois sculpté et doré.

159 à 161 — Six petites consoles d'applique.

162 — Glace dans un cadre Louis XVI en bois fine-
ment sculpté et doré.

163-164 — Deux glaces dans des cadres Louis XIV,
en bois sculpté et doré.

165-166 — Deux glaces de cheminées, Louis XVI,
cadres en bois sculpté et doré.

167 — Coffre à bois Louis XIII en noyer sculpté à
cariatides.

168 — Coffre Louis XIII en bois sculpté à dossier
ajouré.

169 — Coffre Louis XIII à dossier, même travail.

170 — Petit coffre à bois en chêne sculpté.

171 — Petit coffre Louis XIII, à dessus en broderie de soie de couleurs et argent sur fond noir.

172 — Plusieurs panneaux gothiques et de la Renaissance en bois sculpté.

173 — Petit coffre Louis XVI en marqueterie.

174 — Cassette en laque du Japon.

175-176 — Quatre cadres Louis XIV en bois sculpté.

177 — Deux galeries de fenêtres en bois sculpté Louis XV.

178 — Canapé Louis XIV en bois noir, siège et dossier en tapisserie au point.

179 — Quatre bois de fauteuils Louis XIV en bois noir.

180 — Canapé Louis XVI en bois sculpté.

181 — Quatre fauteuils Louis XVI en bois sculpté.

182 — Six chaises Louis XVI en bois sculpté.

183 — Canapé Louis XVI en bois blanc et or, couvert en soie bleue à dessin en grisaille.

184 — Deux fauteuils Louis XVI en bois blanc et or, couverts en soie bleue à dessin en grisaille.

185 — Quatre chaises Louis XVI en bois blanc et or, couvertes en soie bleue à dessin en grisaille.

186 — Environ vingt fauteuils et chaises des XVIe et XVIIe siècles.

TAPISSERIES ET ÉTOFFES

187 — Tapisserie à sujet verdure.

188 — Autre à sujet verdure.

189 — Tapisserie à personnages.

190 — Autre à personnages.

191 à 200 — Cinquante toiles de Gênes.

201 — Couvre-lit et deux coussins en soie rouge brodée.

202 — Portière en soie bleue brodée.

203 — Portières en drap rouge à bordure blanche et applications.

204 — Sous ce numéro différentes étoffes et broderies.

205 — Tapis persan.